阳光文库

春歌

刘涛——著

黄河出版传媒集团
阳光出版社

图书在版编目（CIP）数据

春歌 / 刘涛著. -- 银川：阳光出版社, 2024. 7.
(阳光文库). -- ISBN 978-7-5525-7386-2

Ⅰ. I227

中国国家版本馆CIP数据核字第2024NT2383号

阳光文库　春歌　　　　　　　　　　　　　　　刘涛　著

责任编辑　申　佳
封面设计　晨　皓
责任印制　岳建宁

黄河出版传媒集团
阳　光　出　版　社　出版发行

出 版 人　薛文斌
地　　址　宁夏银川市北京东路139号出版大厦（750001）
网　　址　http://www.ygchbs.com
网上书店　http://shop129132959.taobao.com
电子信箱　yangguangchubanshe@163.com
邮购电话　0951-5047283
经　　销　全国新华书店
印刷装订　三河市嵩川印刷有限公司
印刷委托书号　（宁）0030173

开　　本　710 mm×1000 mm　1/16
印　　张　10.75
字　　数　150千字
版　　次　2024年7月第1版
印　　次　2024年7月第1次印刷
书　　号　ISBN 978-7-5525-7386-2
定　　价　38.00元

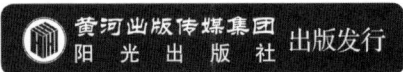

目录
CONTENTS

第一辑

九重荒原

父亲，母亲

天空中密布的雨脚滴破了午夜

蛙在林中产卵

这一切被闪电撕破

照见那个青绿花背在雨中逃窜

雨声太大，父亲的裤脚

沾满了各种黏土、草枝

在一声闷雷中显影的父亲

草帽已经湿透

天明，去林中找一些合适的树枝、苇叶

去补给母亲带来恐慌的天窗

它在树影中剧烈晃动的声音

像囚禁了一只永远无法脱身的黑色蝙蝠

这样带着弧度的影子闹了一夜

母亲也倦了，抱着荒原的孩子在梦中哺乳

那不更事的婴儿

把母亲吸得苍白

沙漠

许多沙横在面前
我们素不相识
却在远方相遇

但一只鸟决意冲破沙的世界
它欢叫着，从空中闪过
似乎在催我上路

与鸟相比，我是那样迟疑
它孤身闯入大漠
翅膀下卷起漩涡

而我站在垂直的天空下
身体在出汗
写下的一切形同虚幻

扬麦子的人

风，有没有时间走过
麦场上扬麦子的人是
处于时间最底端的人

只有沉默可以爆发简约的能量
他身边的狗，像移动的标点
一会儿蹲成逗号，一会儿跑成省略号
一会儿又缩成句号

这样的诗，往往压在农人心底
所有诗行抵不上稻谷的光芒
他沉重地拖着一条狗
像拖着自己的影子

在满是灰尘的麦场上
扬麦子的身影渐渐被夜色吞噬
而回家的路，早已在
落满羊粪的小路上
消失

9 月的新疆

9 月的新疆，已透出寒气
它们可不比江南温润的情绪
路旁的杨树、柳树中
乌鸦、麻雀缩成更小的黑点
好显出秋天的空旷

路旁的麦草垛，也显示出
丰收的颜色
落满浮尘的土巷
羊群在路边迟疑

一只手按在羊背上
想体味那种热血的心跳
但歌声是最好的向导
引导羊群走出浮尘满天的小巷

谁在天空中滴下了墨汁
墨色洇染开来
小巷中温暖的炉火
开始给北疆加温

小巷中一片沉默

但谁，都不愿意离开

孤独学启蒙

雪在给发烧的人降温

用尽一切寒冷的词汇

鸟飞来，落在银灰色垭口上

用翅膀扇动荒原的落日

在灰白的天宇中，雪走得很慢

仿佛一个个相互搀扶着

为我进行着孤独学启蒙

一瞬间完成了对故乡完整的拥抱

雪地里信手写下的相思随笔

落地生根，只够一晚的消费

城市中被追捧的黄昏

已经无从思念

雪一遍一遍教会我们孤独

因为很白，所以没法交流

因为白构成了威胁

对于整个黄昏

所有幻想最后完整落下来

所有不会孤独的人将要学会孤独

因为风把所有人吹灭

只剩下读诗的幻觉

雨，迟早要来……

黑夜给我们带来了什么

那接二连三被吞噬的人形

无声地吃着泡面

掌灯时分，需要被捧起的

是一片蛙鸣的光泽

雨迟早要来

干旱了一春的板结的土地

需要怎样熬过又一个夏天

土地在被无情暴晒后

需要另一场暴雨般的倾诉

但是，这个早晨我已不在这里

而是向着东南去追逐虚拟的雨意

没有留恋，没有被人拥抱过

那短暂的一秒钟

在干旱的雷声中卡壳

土弥漫了整个上午

整棵沙枣树都是土

开裂的墙面已经与树皮的裂纹连通

人，失去了所有的味觉

皮肤开裂，成为他自己

板结的荒原

荒原即景

我把最后的诗句挂上了旗杆

想象会有一辆割麦的车

隆隆碾过

嗬，不舒服的午夜能不能换种方式度过

哪怕是在不押韵的田埂边抓流水

也胜过在黑夜中抹泪

嗨，谁在麦穗边吟诵长短句

过路的大车会带走你的姑娘

让你的泪水在荒原上排成行

乌黑的云脚掖住了一克拉泪光

眼泪的金属性太弱

锻不成一枚钻戒

那就拿它做把刀子

对人造成柔软的伤害

荒原上飞过一只乌头燕

你的尾巴还能剪动春风吗

那些被犬吠驱赶的翅膀

不飞，也不沉重

星夜

我看到星夜中的月亮

正从地球一角升起

就怀着茫然走向无边沙漠

蓝色的、像油漆底色的夜空

正处于亢奋的状态

一只鸟，被粘在天空的背面

那股巨大的气流，它们叫风

裹挟着沙砾、羽毛

硬的，软的

在不停攻击我

妄想让我背对夜空、背对大漠

回到黑暗的小屋

月亮比想象中小得多

也没有那么金黄

所有关于月亮与大漠的传说

都无法阻挡出走的信念

夜空中一只鸟在摇晃

蓝色天宇，气流在疯狂旋转

我走到一棵扭曲的树下

看到它仍在梦想中疯狂地生长

荒原独舞

每一段序曲，都将带着我们结束
麦场上孤独的麦垛

扛着黑黑的箱子
我们被现实主义搞坏
远方伸展腰身的伎乐
敦煌独舞
枯枝反弹自己的头发

能让一条道吗
荒原，山梁，泥潭
能再让一让吗
向左，向左，向左
我箱子里激动的蝙蝠就要坚持不住了

正午，大家陷入僵持
远方的旷野，模糊成斑驳的壁画
由于晕眩
满箱子的蝙蝠挣扎起飞
它们飞起来了

飞起来了

像黑色的飞天

荒原的色彩与绽放

当阳光偏西落下的时候
果园的一切显得极不真实
鸟在枝丫间，梳理温柔的羽毛
晚归的农民，听见有人在说
你必须像小蜜蜂那样勤劳

当果园被最后的光抹去
最后一片叶子燃烧了一下
仅仅那么一下，黑色的墨
就让这里鸦雀无声

这样说往往是针对鸦和雀的
它的眼睛最终会点燃果园里疯狂的色彩
让人看到所应该看到的
有些人不要以为黑暗是一层幕

多少人在指责果园风景画中色彩的偏激
然而，画家的色彩是真实的
他将浓绿滴在夜幕上
然后又将绿色打乱，再打乱

最后显示出枯黄、枯黄……

是的，枯黄的果园

这样的夜，让人失眠

春天磅礴的气象

荒原正在被色彩和记忆抽空

鸟，显然已经失去了最后的理想和耐心

有没有人会理解

这种简单的构图和画面

褪色的荒原惊醒了版画和木刻

每一声尖叫，都像是对古诗的呼唤

废弃的井架、泥坊

支撑着缺乏想象力的空间

但大风总是无法遮挡春天磅礴的气象

人们惊叹狂呼，却又遗憾

总是缺乏充分的想象力

荒原是最抽象的实体

天空中画满了鸟的弧线

傍晚只能倾听蚊子、苍蝇和蟋蟀的无声奏鸣

天空在一瞬间矮了下来

只听见一个人面无表情地喃喃自语

荒原：说话的人

这个人话说得很慢

像是为了配合落日的行动

傍晚，还有一点儿光洒在麦秸垛、土墙

和他半秃的手指上

他打了个嗝

把剩下的话咽下去

荒原，方才陷入短暂的沉默……

黑黑的地平线

对于荒芜来说，一切都没有意义
风在无遮拦的空间倾倒
而这一切离日出，只有
八分钟的时间

倘若那么大的红日孤悬在地平线
只有骆驼的眼睛、羊的眼睛
承载它的光芒

天空或许可以再小一点儿
眼见飞鸟就飞出了地平线
而它洒落的叫声
不过是风中的草籽

骑着单车走过沉静的土地
碰上另一个骑单车的人
他身上挂着草秆
额上还有一块深深的磕痕

我相信他已经不愿意说话了

只有一只鸟，从头上

飞过

夕阳和我

当我推开大门，手伸出去
门是坚硬的
当我走向巷道，看见夕阳
土地是柔软的

夕阳把我拉伸得老远，风很大
总得想什么办法去应付

在葱绿的葡萄园边
驶来一辆火红的三轮车，把我
带走

荒原的诗性

当诗性被蒸发掉

一群骆驼被赶进山坳

它们身上散发着强大的诗性

在荒原被定义之前

一定是那些见识过非荒原的人在操纵

"眼下是一片毛茸茸的沙漠呢"，李娟写道

碎裂的眼镜片呈辐射状

另一片从中间平行裂开

就用这样被肢解的目光阅读荒原

越来越低的雪线溢出笔端

活在一部地名手册中

设法让自己更加讲究

但荒原给我的尺度有时还不够

纯粮酿造的一本书

读起来烫手

但是想吃山药的人很多

追赶走散的生活

在这里

把所有热情耗尽

即将依靠批判来生活

世界的声音

一部耳机听到的声音有限

尽管它来自更为广阔的胸腔

但里面没有剥葱的窸窣

母亲在房间中咳嗽

耳机中，是风根本听不到的世界

它为我留下一个容器

专门用以盛放生活以外的梦想

虚拟的生活

耗费了多少精神成本

所有声音都在扩大制造业的想象力

在下野地，太阳直射的葡萄园

泥墙上脱落了父亲的皮肤

旱烟锅有时照亮了喉结的嚅动

这一切，都因为无法复制

而真实得

惊心动魄

路过荒原

沙地里深埋的半截木桩，已经
被飞鸟占领。旁边的脚印
过于深刻，以至于蒿草开始繁殖

路过荒原。所有景象中
唯有这个脚印
硌疼了视网膜
而脚踩下去的地方，显然是
驼铃摇荡的家园

老边和我，围着木桩和脚印
无意把烟灰弹入，深深的蚁穴
那里弹射出几颗惊心的沙粒
预示着沙暴的来临
无数只蚂蚁在路上倒下
它们肩扛的粮食，在荒原上
化为种子

一旦出现比这更为深刻的思想
人们，就会放下重负

让肩上所扛的物件，纷纷

在野地生长

荒原人

荒原正在一天天，被风修改

今天是一片草皮被羊啃光

明天是李绍山家的房子成为废墟

而门前总也带不走的

烟盒，酒瓶，一只拖鞋

成为荒原人的遗址

电线杆上悬挂着

被吹落的高音喇叭

荒原从此少了一个分贝

眼前落地成诗的

沙枣，枸杞，沙葱

也因为风的缘故

减了几分姿色

领头归来的羊仍是沉默

一边闪避汽车，一边在荒原上

不停地吃草

大风停息了，路上还布满了

风的痕迹

一本穿过大漠的诗集

摸着薄薄的一本诗集

猜想着文字正在里面写些什么

那是一本摆在岳普湖的诗集

想必是风沙打磨过的文字

它从反面告诉我

——诗歌是怎样炼出来的

一本穿越大漠的诗集

有动词、名词

有人物、植物

我猜想着诗歌所能达到的极限

——它毕竟穿越沙漠，走出来了

作者是一个陌生的名字

在此权且略过

沙漠故乡

沙漠上方，有鸟飞过的痕迹

风越是使劲地吹

鸟越是在暗夜来到叙事的末端

列车将沙漠撕开一道口子

照见故乡泛白的炊烟

当炊烟成为记忆的一种方式

满眼繁花已为秋风落尽

故乡的枝头一片空白

相对于铁锹而言，世界只剩下

一只忘记吃药的沙鼠

列车在无名区转向

方巾在风中吹为白色

棉田中传唱着缺水的乡音

和一望无际的渴望

铁锹插在田埂

棉花分外的白

种田人久久未归

这一刻寂寥万分

沙原

有多少石头在冬季产卵

产下一粒又一粒的沙子

轿车忍受着颠簸

像忍受生产的阵痛

爬进沙漠的虫子

它的眼睛、齿轮、加油泵

都在仪表上做艰苦的调试

而万籁一旦寂静

就显得沉闷大于颠簸

我们有辨识方向的能力

被碾压的沙子

都被迫怀孕

最终交出道路

爬上坡就看见好大的平原

沙的平原

太多炊烟牵扯着落日

村庄，像瘪下去的牙床

轿车就走在残缺的牙床中间

转过不规则的羊圈、馕坑

村庄很静

没有一个克孜

没有一个巴郎

沙漠：昨天的阳光

在沙漠中，捧起一把沙
昨天的阳光仍在烫手

骆驼已经起身
摇荡，不安的沙漠
渐渐远离路边的铁桶
和姑娘

那边小小的岸向我驶来
每一头骆驼聚集了风暴的中心
思想已经在炎热中搁浅
由于思念的女孩

铁桶的光，在夜里
反射我，把我的耳朵照亮
我总是听不见，沙漠中心区
蜜蜂的嗡鸣

第二辑

大地花开

梦中的经历，算不算真实的生活

梦中的经历

算不算真实的生活

早年，我在那里丢失一声长叹

在下野地

我丢失过一阵疼痛

像暴雨撒下的马蹄莲

它们到处都在

因此，我看到疼痛是黄色的

我梦见唯一的坠毁

大地像盛开的花盘

万物在我眼中旋转

在梦中，我写下许多诗句

醒来却已忘记

它被人盗走

遭遇了时光的抢掠

而我，从此少了激情

早年，在梦里丢失的一声叹息

多年后又不期而遇

一部分

羊，走出羊圈

成为沙漠的一部分

吃过那么多梭梭柴

成为梭梭柴的一部分

啃过那么多树皮

成为树皮的一部分

挨过那么多鞭子

成为鞭子的一部分

走出那么多沙尘暴

成为沙尘暴的一部分

见过那么多路人

成为路人的一部分

台灯之夜

当我摇晃这瓶墨汁

每个人都知道，深夜即将来临

10 月底，迎面仍是苍蝇的嗡鸣

而这里的月色好像还未化开

需要继续晃一晃

民间身份

排队，前行，进入巴扎

翻捡塔克拉玛干聚族的恰玛古

饱含落日的水分。而一块馕

被我捧在手中

就有了民间身份

鲁迅无缘来过。与汪曾祺的口味不同

南疆凉粉拌着椒蒿

尘土已是不一样的风流

一把热瓦甫

传承着荒原的衣钵

从莎车赶来的落日

带着最远的乡愁

落日有馕的成色

那些上下翻飞的乡音

与尘土一起弥漫

风掀起袷袢……

程序像沙漠那样繁复

秤杆上，多少江湖

于是不谈落日中的核桃，只说

五一林场的苹果

最后的水分，在 16 根辫子的眸子里

目光深处

需不需要添加注解

巴扎上的写作

我的词语常常被熹微的光照亮

它使一切隐喻失效

而光中赶来的电动三轮

载来成吨的词语和马

这使我相信巴扎上的写作

在这里产生的每一个词

都是有分量的

动词的斗鸡，形容词的山羊

它们产下的词汇量大得惊人

南疆，盛产词语的故乡

这些词语日积月累

冲胀了我的书房

奔涌而来的马车

从一个村庄到另一个村庄

在这样的时刻

我总是拉上窗帘

用以拒绝那些多余的光

黄昏与黎明

落日吹拂着黄昏的铜号，在无人的原野
荒原疾走的人，怀揣
青草的宿命

钐镰、铁锤、十字镐，在落日下制造着声响
让荒原无法安睡的
一根呛人的老莫合烟
闪烁在灰暗天宇

不管是荒原落日，还是月光麦地
暗黑果园，被夜色裹紧的浆果
在黑暗中孕育
一胎，两胎，不停地生育月光

大地空洞的产房，自有行走的风
充满痛感的旅程划破暗黑黎明
大片的芦苇荡透出血色霞光
一滴，两滴，红透单薄的翅膀

杜甫：天宝五年纪事

天宝五年，公元 746 年除夕

杜甫在长安咸阳客舍耍牌

长夜明烛把孤独放大

杜甫说：

"咸阳客舍一事无，相与博塞为欢娱。"

扔下去的骰子，一把输了 1300 年光阴

明月下修眉的小杨只在千里外怀春

不知不觉间，已成老杜

那多半要怪杜牧的扬州

酒气缭绕的三流客栈

赤膊光脚的诗人把青春输尽

无遮无拦的长句只在性急时坏了韵脚

却无力用一生光阴去拯救

那晚，若去饮酒

也会有两瓣青橘

或呷两口榨菜，也不失风流

但，要掌握好生活的咸度

可以说的，可以表述的

嘴边上，是许多被说出的事
忙忙碌碌。从喀什到乌鲁木齐
就这样说了一晚，借着昏暗的灯
利用风的罅隙

风说停就停下来了
短暂的沉默没能使指南针偏移
而窗外的鸡鸣，因为被简化
显得模糊不清

被孤悬的长夜，因为
一个杨木花凳出现了转机
谈吐间少了点哀怨
不觉间又过了几站

离港与靠岸，我们经历过太多
与漂泊相关的名词。每一次远行
都像踏上一个旋转的星球
从没有什么，可以依靠

最后，我听到孤鸿的哀鸣

从嘈杂的人声中跌落下来

因为这一刻

我们即将在 8 点 13 分到站

我们不为春天送行

邂逅了雨的天堂还能不能用云朵写意

伞撑起的半方天空在雨中漂移

窗前刻意闪过海豹的眼睛

和一幅被毕加索翻转过的平面肖像

海，滑向所有的岸

忍不住在暴雨中看见海豹的眼睛

那被暴雨所切割的世界还能不能

风一样婉转

一直要等到，所有的大海平息

未开花的枝头足以期待落日的深迴

而行囊中空空的月色

只剩下年轻时的孤傲

所有的告别，不过是因为雨季的到来

当另一个远方又被捕获成为风的挂件

暴雨中，忙碌的人群已经习惯了分手

已经没有人愿意赶来

为春天送行

对峙

太阳直射我
我眯缝着眼睛，看
太阳把我的影子照得
越来越黑

我忍受着，满头大汗
努力分辨哪一束光最狠

太阳没有挪窝的意思
我也没有

好在泥墙是自家的
汗水没流外人田

正午，太阳不动
我也不动

记忆的魔方

在稍微有些破旧的课桌前
图画本上的空白还未填满
少年的笔显得青涩
就在那些空白的乒乓球台前
开始发球

就像与时间的对垒
乒——乓！乒——乓！
像一个时间的木匠
在陈旧的教室里往复

课本上涂满许多青涩的记忆
教学楼的铃声已经生锈
老师已经老去
学生走失多年

嗬，老师
有一些学生会散作牧场上的风
去继续昨日未完成的作业
去放牧一个衰朽的年代

去放牧赫尔德林，甚至萨特

写在纸上的字母

字母，打扰了一个青涩的年代

开口呼，合口呼

单音节，单行道

总是记不起来的单词沤烂在成年的痰液中

嗬，多么衰朽

与其在记忆中落寞

不如去追赶一只流浪的乌鸦

在春天

在春天，我远离了许多事物

工地上的绞车，空转

尚未封顶的楼房被抛起在一块砖中

不要急，不到春天

万物不会解冻

小到一颗钉子，都浸泡在

冻结在水中

只有鱼不停地吐着气泡

在变绿的水中呼吸

工地上，没有人

只有一把锹

斜插在生锈的搅拌机中

穿过土路

在牛羊进村的土路上，避让

奔驰而过的汽车

羊，有些笨拙

穿过这条土路

就是阔什艾肯村的巴扎

在老党校的西边

旁边是新盖的幼儿园

交叉的十字小径

只是有几十只乌鸦

在广播剧开始的时候

飞上了高高的枝头

分岔的小路

刚开始，雨还像光柱一样洒落
小镇有着微雨的黄昏

摩托车一度，落在了尘埃后面
响彻了有风的夜晚

阔什艾肯曾是河汊交汇的小村
到了这里，岔路很多

总有一匹马会显出轻快的样子
总有一群羊走在路上

雨一直落下
马的脊背
一尘不染

山月

山月，今夜可曾飘到小城来

照一照不一样的石头的面容

当愤怒时，天上飘满反光的镜子

所有带光的鸟隐没于山谷的幽深

因为它爱上了石头的沉默

它们爱在流水中滑翔

直到大雾弥漫

遮挡了翅膀的宽度

山月，天明是否要回去照耀

那不可捉摸的石头

它们身上，残留着

鸟的余温

城·银器

这座城旧得，像一个

穿银的女人

袖口间发暗的光中

驶出一辆辆摩托、马车、驴车

天色在车灯中暗下去，冷眼看

像褪色的银器

傍晚，出门散步

路过广场、体育中心、人民医院

陈年的怀表沾满了主人的油脂

用以蓄养慢下来的时针

不是所有年轮都能被挽救

那明显慢了半拍的心律

怕抵不上慢下来的银器

而身边所有摩托加速的声音、马鞭的声音

怕对中年的残损

也无济于事

羊，走得很慢……

当充满信心，要去修改

大地中的一行

早出的羊群便踏乱风的痕迹

半年前才下了一场雨

大地上又出现翻耕的景象

遥远的播种机在纸上撒下几行

我跟在羊群后面

耐心等它们吃草

羊吃得很专业

在草皮上啃出一些抽象的图案

终于，在那些专心的羊群中

挤出一条狭窄的通道

匆忙中闪出落日的影子

在平坦的大地上

羊的影子被落日延长

一些青草还散发着成熟的气味

羊群在回家的路上走得很慢

羊，冲出羊圈……

一片静光根据羊的尺度

落下来

照见微微抽动的羊蹄

所有羊，只有这一点是动的

渐渐地，照见整个羊的身子

羊开始在羊圈中走动

挤着其他的羊，试图带领它们

冲开栅栏

走向丰美的草场

其实，草场并不大

只是沙漠中间

圆形的斑点

羊圈

在喧腾的羊圈里
意象已经被用旧
夕阳下任意透进来的光
都会被羊蹄卷进尘埃中

所有意象被简约在咩叫中
羊离开草原，意味着离开了餐桌
打嗝中饱含着怨气
那剩下的半筐食欲遗落在草原

羊要吃饭，在羊道上捡食残羹
只捡回几片落叶
黏附在羊毛上，用来发泄
半筐子饥饿

羊圈里，羊不安地走动
好像要改变熬夜的习惯
羊站在尘土飞扬的羊圈里
眼中，映出两个落日

第三辑

所有走的背影

等父亲回家

父亲离开了无声的世界

我独自在家中吃饭

杯盘是过去的杯盘

已无人为我揉菜

别哭，父亲会回来的

他还记得回家的路

别动他的筷子，那剃须刀

在回来的那一天

他会坐在沙发上

露出平静的笑

等到他回来那天

我们都不要走远

当他推开门

我们要围坐桌前

等父亲回家

而我也患病多年

在睡梦中发出艰难的呼喊

读本

千篇一律的读本

是调和了月光写就的

在没有归宿的街头

他写下第一页

路灯昏暗，因此文字有些消沉

到了第三十页，终于写到青青麦田

那时，他已经结束流浪生涯

像一只南归的大雁

满怀希望开始了和另一只大雁的生活

所有读本并非完美的叙事

对于接下来的生活，他不想叙述

但又不得不叙述，因为

生活中总有跳不过的章节

也不能为了星星

而舍弃了月亮

还是千篇一律的麦田

他理解所有漂泊的意义

只是为了那一口粮食

狭长的夕阳

在街道的尽头，有狭长的夕阳
通常像馕坑里火烤的那样

人们穿着斑斓的长裙
每一个经过的人
都带着夕阳的温度

她们把明月披在身上
裹着石榴的绿色枝蔓
当头巾渐渐被汽车尾气超越
一股淡淡的烟在夕阳下扩散

穿过一道与麦子无关的小巷
到处是馕的花纹

孤独

这里批量生产巨大的孤独

黄昏倾斜地挂在窗前

空旷的沙漠

风都没有

只有光与热反射的

浪潮

遇见一节枯枝

踢了踢

訇然折断

天空中，一对干枯的翅膀

掠过

所有走的背影

当一条大河悄悄流过你

所有走的背影都会带着湿漉漉的感觉

弯腰在一棵树下系鞋带

就像为所有道路准备好轻松的早安

可是越走视线越模糊

不知背影中是否夹带时间的光晕

一个采莲者露出原始的笑容

我才被大水冲进遥远的梦境

你好，远方的列车、齿轮

在晕眩中，我不能自已

那控制不住的心跳学会兔子的节奏

在远方堕落的烟中，开始遗忘

没有一条道路能像今天这样平整

行李都已放下

啊，好沉好沉的夜

今晚的梦终于找到了归宿

三间屋子朝南开……

有多少坟茔累加起来才能送走落日
风吹动坟茔
两盒生动的骨灰紧紧拥抱于地下

但没有人承认他们是恋人
因为死亡使这里显得逼仄
没有蝴蝶会是他们的化身
甚至蛐蛐、蚰虫、蚂蚁也不会

有一条小道从坟头延伸出去
不知是谁踏出的远方
在无边的现实之外
三间屋子面朝南

所有思念的房子
所有空下来的房子
但这些房子仅存的记录风的功能
但这些房子仅存的让时间垮塌的功能

荒原太大

却盛不下人的寂寞

三间屋子

朝南开

白沙湖

山与白沙湖深情凝望

不时有黑鸟以直线插入空间

而于此处，河流开始分汊

其中一条，托着饥饿的羽毛

开始流向低海拔的村庄

敬意

老天似乎要从眼睛里挤出几滴雨

但是风迟迟不肯顺从

他的三轮车蹬出咣当咣当的声音

烟尘从排气孔噗噗冒出

新的一天伴着蹩脚的咳嗽声

门口几棵胡杨上蹲满了黑暗的乌鸦

引得沉睡中的孩子在梦中围观

那不懈的摇篮，不懈的秋千

不懈的铁铲，不懈的坎土曼

而昨夜，有人在梦中要扔掉我的铁锹

我追了大半夜，一直为这事恼火

也是出于对劳动的敬意

清晨（一）

在无声寂寞的清晨

一缕光，斜斜地

自林间洒落

一大堆树叶在燃烧着你的灵感

句子

当风吹过街面

我想起杜甫的一个句子

"卷我屋上三重茅"

隔了 1000 多年的异乡

当你真正漂泊

才会为这个句子

作注

空空的校园

有番薯的夜和石榴之夜
仅仅一墙之隔

校园竟是如此之轻
孩子走了，番薯没了滋味
操场上布满彩色的脚印

我一个人走在操场上
像是围着许多孩子
然而，那些脚印跑不起来
风也站不起来

空空的校园
儿歌突然响起
想起唱儿歌的孩子们
教室的灯闪了一下
两个小小的身影正向我走来

我愣住了

明天，那些孩子

会用奇怪的眼神看我

清晨（二）

清晨，被梦做醒
留下太多空位，在头等舱
一直读报的乘客，突然起身
是啊，时间已经不早了
麦盖提人民广播电台，怎么
还未开始播音

清晨，想着些不连贯的事
大风刮断一个人的胳膊，只能
被迫用左手写字，正写着
母亲突然进来，喊她去
喂奶

只留下一支笔，在田野里
书写着羊蹄、马齿苋
直到笔芯已经失去了中性
写下来的字都是不连贯的

其实，那天早晨
我已经没有更多的话
要说

夜行人

有一天，我把灯调暗

只剩下眼睛的光泽

当天空中打着暗号的星星还没有

开始熄灭

许多落下来的光

过多地，把行人淹没

就这样漆黑的大街

是不是可以等待更美好的结局

只有等天亮以后

看看地上的落叶

我现在终于明白

没有什么可以阻挡你的离去

你和那些夜行人一样

被埋在很深的光里

……伸手

不见五指

5 月

5 月，让我们平和下来

5 月，竟没有等到一场像样的沙尘暴
为此而失落

后来，在你的信中，我终于知道
所有沙尘暴都已返回故乡

我在沙漠中，捡起一顶
不知是谁遗落的帽子
说不出具体的年份

看样子，肯定是在一场像样的沙尘暴中
遗落的

旷野从风中钻出

当语言还像挖掘机一样铲过荒原

那些被 2 月放倒的词汇再也扶不起来

像一场寒冷击溃了生动的舌头

发音器官草一样凋落

旷野从风中钻出

所有被暴风横扫的落日下

露出草书的迹象

而挖掘机似乎想凭借自身的重量

镇住村庄的边角

在这样的对峙中

挖掘机已经坚持不住了

因为村庄已经被掀起在风中

剩下的是草的剽悍

签名

在一块空旷的画布
留下我签名的声音

她说：字要大些，可以连笔
但强光扰乱了我的思绪
我突然害怕写下的字
会坠入被强光弹射来弹射去的巨大空间

我放下笔
正好和她的目光相遇
看见她金色的、蜷曲的发丝上挂着些
光的残骸

回答

我经常会把话说得不那么完整
哦。好的。谢谢。
省去许多背景

但并不妨碍一些人喜欢我
尤其是那些喜欢简洁的人

"到底是怎么样好！
怎么样谢谢！"

"是的。"我的回答依然
只用了两个字

关于书和雨的叙述

在这部缺水的教科书里

能够饮用的仅仅是主人公的叹息

那种声音被落日中的雷声拉长

我坐在窗口

看着这一切

人行道上不倦的行人，封面

打着伞，像水面漂浮的倒影

雷声使一切过早地结束

街道被清洗一新

第 93 页，剧情已发生转移

主人公被爱情抛弃

蛋糕在桌上放干

卫生间到处是不洁净的水

而想要的一切，只能等到剧终

才会

出现

9 月

9 月，我把麦盖提当成了故乡
推开斑驳的木门
我在锈蚀的床上躺过

9 月，我在英巴扎路上走了很久
直到炊烟把我托起
才回过头，痴痴望一眼明月

9 月，我牵着孩子的手
一个孩子，又一个孩子
在操场上奔跑、追逐
有过短暂的快乐

9 月，我终于走上了离别的路
一年的厮守换来终极的孤独
要等到孩子们长大，而我已老去

空空的校园里
没有一个孩子

青春之咏

循着风飘落的轨迹

书本散落一地

一个人在梦境中丢车舍炮

临行，还不忘捎带上雨具

啊，无序的生活总是充满

樟脑的味道

害怕早年学到的思想

在梦境里失效

天，无序的蓝

一些羽毛散乱

在歇斯底里的告白中

从哪里寻找诗意的表达

可以爱吗？要不就现在？

年少时描摹的旧梦到现在还没成形

梦啊梦

路啊路

总是要走上飘满落叶的小路

无影也无声

每一次出发

都为寻找，青春年少时的

风铃

寻找

一盏麻油灯试图照亮旷野

远远看去，只见一豆火光在游移

那枚钥匙可能就落在尘土中

————小块灯光不可能照亮的黑暗中

村东面是一片麻札，黑黢黢的

女伴拉着我的袖子，说：咱们到别处找吧

但麻札的路很长，一盏油灯

怎么也走不到尽头

只照见麻札上发白的土块、骆驼刺和蝎子草

我们便放弃了寻找的努力，向西

拐进一队，

路太黑了，女伴的手好凉

高大的铁门上只见

"1-198" "1-167" 等依稀的字符

一队的尽头是一条无名公路

一直通往库木库萨尔乡

是英巴扎路的延伸

南面，有两座加油站
向北，是我们支教的
阔什艾肯村幼儿园

遥远，又遥远的……

我走进寂寞山谷

看到已经逝去的诗人的

诗句

一瓣瓣

从耀眼的天空滑落

然后，又沿着不可预知的轨道

一瓣瓣

飘向，遥远

又寂寥的

夜的深处

天空中滚动着……

天空中滚动着，沉闷的雷声
平滑，却没有翅膀的挣扎
寂静，仍掩饰不住落叶纷纷

在世界的一角，落叶纷纷

是的，对雨中伫立的人来说
天空中滚动着……
滚动着所有

沙尘暴

风回到它的故乡
把公园所有的人吹跑
然后，在长椅上小坐一会儿
静静听着麦盖提广播电台的儿郎新闻

天空被吹成黄色，好像茶杯中
滴了一些柠檬水
但最好的滋味在于加冰之后
当日的天气预报有些迷茫

在大风中冲刺的姑娘，披着
尘土。把马力加到了 40 马
用以冲开简单的风墙，她的头盔
栖满了灰蒙蒙的沙土

妈妈在院子的厨房里煎着鸡蛋
读着家书，说儿子已经起程
并且在沙尘暴中
读到了暴风中的风景

第四辑

乌鲁木齐九歌

春歌

陌上云吹雨

怕已是早春时节

鸟宿枝头

谁家檐下又落青丝几许

出门只见几粒晨光

自窗前飘落

苦苦寻春去

一路仄仄平

春天的韵脚苦苦寻觅不着

只见枝头空巢鸟已飞去吧

世界

天明，烧开一壶鸟鸣

从衣柜中拣出有些褶皱的上衣

才感到衣缝中秋的凉意

已经走在了秋天的路上

电瓶车、BRT 公交、伪自由论者的单车

都在柏油路上化作一团白光

而腹中正由于少了一口馍产生饥饿感

无意间碰了一位少女

分外嘈杂

这个人挤人的世界

出声的是外面的世界

因为是黑夜，所有光影
投射在心的幕布
我不断走近，校门以慢镜头打开
抬头，我看见一朵云
正偷换了鹰的形象
抵达远方

我没有出声，出声的是外面的世界
汽车喇叭，暖瓶碎裂的惊险
都看见了。我没有出声
出声的是外面的世界

校园是静的。夜晚的校园更是静的
无数的梦从学生宿舍中飘来
正在形成风格不同的叙事
我害怕惊扰年轻的梦。这样
我的脚步带有神秘性

夜晚，一个人枕着许多思想
沉重地入梦

遗忘

你是我梦中忘掉的行人

在努力用回忆应付眼前的尴尬

天空中升起童年的风向标

却不能左右把玩

你那暴跳的，像一头狮子的狮子

在玩具面前垮掉

但我仍无法忘记你

一想起你，我就患上了老年痴呆症

我忘记了你眼中的湿度

和你微微鼓起的喉结

在诗人的诗人面前

在狮子的狮子面前

我把你化成狮身人面像

我和你，来自一场遗忘

又在另一场遗忘中

匆匆与你相遇

乌鲁木齐，一段乡愁

冰雪初融的乌鲁木齐，一段乡愁
烈日彤彤，月光明亮也未曾驱散梦境中的
一点荧光

此刻无声，最是
莎拉布莱曼甜美的歌声
比红茶浓酽

比父亲的咳嗽声更加
清晰，嘹亮

落日

落日像老虎一般吞噬
嚼碎了影子，吼声把我弄痒

我想笑，然而我依然在笑
贴行在地上的马车带来父亲
被露水打湿的落日
正一步步变软

那是落日温暖时的街
一个影子冲过来将我扑倒
我掸去一身的灰

有柴火燎烤的星辰
影子在梦里抽身
老屋在黑暗中一点点变凉

落日黑暗中的老虎
影子一点点被吞噬
然后深入空旷的胃囊

深夜

深夜，孤独者动用最后的权力
把灯熄灭

致女艺术家

你迎面来时，我
还没有听懂你身上沉重的恋爱史
进门，你不由分说
卸下一堆往事

但那时，你经常披着头巾
挽一个后来消失的手臂
其实很久以来都是你一人独行雨中
直到楼群上空的鸽子像罗盘断裂

一支烟点燃后半夜的星空
烫手的诗句加速了莫名的失恋
是一把刻刀解放了你
从此甘愿做罗丹痛苦的情人

窗外亮起乌鸦的翅膀
那种色块捏造了你的忧郁
那巨大的黑洞
像深海的沉船

沉船在心里制造巨大的怪圈

但世界上已没有能够搭救你的人

你的手又抓起了刻刀

并且轻轻抖动

24 小时

身后，是 24 小时的黑

只有忧虑点亮寂寞的灯

那些走过的路

成为自己孤悬异乡的理由

但是在夜里，一切月光都无法照亮

一切追诉成为对忧伤的温习

冬天到了，这个季节

缓缓飘来一枚深黄的落叶

身后，是 24 小时的黑

只有厌倦一再醒来

当月光通过长长的通道

阁楼的灯在夜里发光

在乌鲁木齐邂逅一场暴雨

再这样下去，乌鲁木齐就成为江南了
公交车溅起的水花，带着滚滚的涛声
行人脚步慌乱，没带伞的女人
在暴雨中奔跑

乌鲁木齐啊，你很久都没有习惯
这样一个有雨的正午

但每一个下雨的街角
都积满落叶
有人张开的伞是空的
有人在远方患病
（他的母亲尚不知情）
有人在雨中点燃了香烟
试图加速
这个秋天的过去

回家的路

把一个人的磁带放了两遍
还是有许多想象不出的细节
就读《桃花源记》，伴着陶渊明的两声
走啊，喝酒去
转身推开编辑部的夜空

长街静静的，家突然
近在眼前，告诉每一个经过的人
我坚持了一辈子
从陶渊明开始

穿上他的烂衫
像一场革命的片段
一路走，一路看到星星之火
把夜空烧得沉深

第五辑

木刻的诗篇

爱唱歌的农夫

落日和尘埃一样令我钦慕

扁豆和打瓜也一样令我钦慕

打瓜地里，两个劳作的人黑得像墨汁一样

化也化不开两个农夫

我喜欢其中爱唱歌的一个

病人

他从身体中摸出缓慢的钥匙

旋转的门早已令他头晕目眩

两个穿白衣的人架起他的胳膊

要求他做规定动作

他深深地吸了口气

发现门已经开了

门口站着一个抽烟的女人

草原

突然唱起 20 年前的歌曲

无意间暴露了我们的身份

所有食客抬头张望

像麋鹿张望远方的草原

但是草原并不完整

被吃得杯盘狼藉

好了，我走了

在草原上，理想还没有开花

歌声中，继续着我们的生活

还不曾放晴的夜晚

我走出黑夜，就等于走出自己

我继续着自己的歌声

草原，在歌声中饱食终日

草原，只剩下蠕动的嘴唇

身体中分泌大剂量的酸液

——在消化着草原

赞美

我不会去赞美你们

尽管你们已经直立行走

我只赞美那些在大地上爬行的、飞翔的

尽管你们已经抵达秋天

但我还要赞美那些在春天就死亡的族类

它们攀爬在树上

而你走在路上

尽管有无数的账单

债与负债

尽管有无数的发声器

在大地上制造着声响

但我还是喜爱不发声的事物

我不赞美你们

我只赞美那些没有智商的、未开化的

生命

诗篇

破土的芸豆，从草窠中伸出带露的花朵

在泛红的花瓣中写下嘈杂的诗句

它用诗歌把我吵醒

像披发的休士

带着潦草的几行墨迹

我是大嗓门的爱人，清晨

写两行淡淡的诗句给你

在旷野的花朵中

心中藏着的

是给你的诗篇

放慢

我放慢肌肉生长的速度
为的是凸显骨骼

我也放慢走路的速度、睡眠的速度
在眼花缭乱的地铁里
我仍然是一个慢者

我快不起来
因为我是泥土里长出的肉身
我的慢是父亲传给我的

如果在战场上
我也会缓慢地开枪
留给对方死亡的空间

我适合放慢悠悠的羊群
适合一道缓慢的眼神
我也适合翻书
在阅读中夹带舒缓的停顿

我努力放慢自己

让自己在时光中慢慢褪色

一年一度

甩掉一切速度

张桂娥

一大片寂静的阳光，让记忆发烫
张桂娥，她来自一个更远的年代
马上就要消失

羊角辫高挑在课间的铃声中
她扭过我耳朵的手
戴着金戒指，在无名指上

矮小的张桂娥突然被放大
一笑依稀可见嘴角的豁牙
后来，她去了海南，变成淑女

倒像是翻版的张桂娥
小时候她踢我的屁股，和我摔跤
这一切，她已经全部忘记

大芸

大芸、梭梭是两种伴生植物

一锹赶一锹

挖大芸的两个汉子，时光的偷渡客

他们制造着现场

鞭子抽响的马车

只留下一个深坑又一个深坑

盛满空洞的风

风啊，风啊，是谁偷走了

荒原的生殖器

惠特曼

我的书上竟然有惠特曼的名字
他用黑色的手为我题词
在我的诗集上签名，然后送给我

他长满胡须的嘴，元音和爆破音
为了写诗
上帝陷入一个不发音的年代

惠特曼，死去之后成为温和的老人
不发怒，不说脏话
口袋里揣着一支变形的钢笔

而死去之后，他已经倦于写作
写下的单词
总是尽可能少

草原深处

草，再次成为草

再次在阴沟里向一些鱼虫发泄

转身，巨大的朝阳唤醒又一个黎明

在炫目的风车中

草再次全身而退

一只蚂蚁也不敢涉足

没有想象力的天空

更没有任何翅膀

当蜜蜂镂刻的蜂房溢满巨大的嗡鸣

星期天上午，我怀抱纷乱的蜂箱

向草原深处走去

赶路

我受命而来
难道这亘古旷原竟无人洒扫

而我手拽着那个女人的衣襟
匆匆赶路，匆匆赶路
生怕遗失那橘红的身影
而无路可走

两只黑鸦从天空中超越我们
乌黑的翅膀竟是如此沉重
太阳斜斜地照着我们
斜斜地，照着我们

小鸡钻进了山树胡同

小鸡钻进了山树胡同

大的不大，小的不小

背上长着花斑

没有斑的那只是老母鸡

小鸡在胡同里啄草籽，啄月光

谁也不能一口吃个胖子

吃不上草籽的小鸡只能吃月光

飞不上墙头的小鸡只能钻树洞

小鸡长大，上了年纪就该叫老母鸡

领一窝小鸡在山树胡同里遛弯

所有被照耀的

可以是这样，也可以是那样

清明

好看的夕阳，不知在何处发出虫子的嗡嗡声

那里的人们一队接一队

在墓碑前放下白花

这些手捧白花的人

身体藏着一段哀乐

他们在星期天上午想起遥远的名字

房间

房间里空荡荡的，没有一个女人

几个干燥的男人围绕旋转的桌子

小声说话

他们把烟点燃、掐灭

衣服上的纽扣掉了

露出红衬衫

然而，青烟熏黑了夜色

像蓝卷小说中的情节

手机在咳嗽

打火机带有挑逗性的火焰

房子是黑的

现在，开始睡觉

月光

深巷　落单的梦境已经走远
闪烁的台灯还在焦黄的梦境中
发出嗞嗞的声响

人影　一闪
引起深深的叹息
黑色窗户倒映出苍白的面容

此夜　一个秋月
弄凉了蟋蟀的歌声
夜幕中　传来了模糊的笑

墨迹　淡淡的两行月光
有些潦草　有些朦胧
那渐渐熄灭在宣纸上的月光

闲笔

在陌生的雨中一点点长大的你

脸上有雀斑　眼睛近视

腰身一闪进入临时的相框

有时线条　有时油彩

闲来总是异乡的小酒

书摊上买书　花市上卖花

人生无事难得装点别人的梦境

一日被告　一日原告

独在异乡　总会有多变的妆奁

今日唇彩　明日腮红

抿一口小酒只添三分醉意

难得清醒　难得糊涂

秋天的荒原

从窗外进来的阳光

捎来了几许秋风

秋天　这不请自来的过客

在戈壁滩上打坐

窗外　舞剑的老者

一招一式

留下深深的划痕

白色上衣恰好是秋天的反色

大街上挂满春天的祝词

这秋天的城市开始落叶

然而送温暖的呼声越来越大

大街上挤满寒冷的人群

戈壁滩上看不出秋色

枯硬的石头不会怕冷

寸草不生　秋风的请柬无由送达

秋天的荒原此刻雨声正密

劈柴

榆树的木屑深入我的体内

他们同我一样

无论锯、劈，都有种生涩的感觉

小时候被我攀爬的榆树，如今

倒在脚下

我用钢锯、斧头，在肢解着它的年轮

并且希望与我对称

童年的笑声刻录在哪一圈年轮

这劈断榆木的斧头注定要生锈

注定我身体中也有断裂的年轮

谁劈我

好快的刀

民间身份

孩子

你小心，我会让你交出今夜的梦的回音
不然，那两个小孩会揭穿我

此刻，他们沉默地坐在我面前
一个看似乖巧
另一个心事重重

他的母亲是卖红薯的
在繁华的、梦的街头

高锰酸钾

泛红的高锰酸钾水在盆子里
端给鸡喝
这些药鸡精神很好
扇动翅膀表示对陌生的反抗

但，喝这个词进行得过于缓慢
以至于有不良反应从胃里涌出
好想用杀菌这个词
在身体里运作一番

出了鸡窝，远离鸡的骚动
内心会好一些
望着遥远的医院
父亲在操控着杀菌技术

高锰酸钾的红，像汽水
那时候，哪怕能呷一口甜
都是幸福
但高锰酸钾的红，与汽水的红
是两种不同的物质

那是不一样的

两种童年

夜话

当我们围绕着村庄开始叙述的时候

恰好是凌晨一点

诗人归来的航班该从遥远的夜空着陆

不知他在夜空俯瞰小村的灯火没有？

难道水洼中的夜色还不值得留恋？

恰好有一句话，诗人

能为未及押韵的小村

作注

否？

中秋

有一天，房子空了

所有的凳子，你不挪它

它就在那里

所有的纸张，你不写它

它就不能成为信笺

没有月亮复制你的微笑

没有声音回应你的叹息

而月亮，依旧在窗前圆满

一年一年，照着这一切

在黑暗中行走

雨，一再变为雨声
唯有变现不了的乡愁留下风的刻痕
黑暗的街巷，风吹走光
留下一些多意的地名
巴扎结米镇，阔什艾肯村
在树叶的沙沙响声中反复着卷舌音

与沉默最终无法对比
黑暗中的气流吹走飘浮的街灯
那么多人影在车灯中忽然闪现
又一瞬间消失，我知道此刻
有许多人在黑暗中行走

在黑暗中行走，要节省多少光
用一些风组织口语
与所有的黑热烈交谈
两旁院墙、草垛的影子
是风留下的遗址

在黑暗中，敲响村庄的门

手已经摸到门框

而更黑的是等待

当昏暗的灯再次照在脸上

才知道热情是多么珍贵

水果批发市场

每一个路过水果市场的人

都会蘸着苹果的汁液说话

批发，分拣，抄底，捡漏

那个穿着蓝纹汗衫的人

脚上沾满了五一林场的泥

把一天的烦躁在水果批发市场上晒晒

用以充抵果园里散失的水分

每一个布满虫眼的苹果后面

充满人的机关

而且为了寻找一些适合的果农

蔬菜商也加入进来

随着冬季的来临

果园终归要萧条下来

林间留下破旧的毡筒、易拉罐、纸片……

和一场又一场

无边无际的

风暴

沙

沙，透过网状的空间
来到餐桌上
才取得一次与你对视的机会
像这样培养多元情感的机会
并不多

沙，就坐在你对面
也吃着早餐
这毕竟是一个单一的身体
而风能留给我们的有效空间
并不多

风，走来走去，暴躁得
容不得世俗的爱
在征婚启事尚未发出之前
它扎紧了领带

沙，坐在你对面
陌生的眼神带来分娩的阵痛
而餐桌旁残余的表情，都是
风，所能带给我们的……

送元二使安西

车马载不动的诗篇，和
酒

一眼望不穿的风尘，和
尘

该随燕和莺的杂叫
起落

背影沾满了菜市场的灰，弄脏了
酒痕

而路的尽头是一千年
我在

虚掩的木门，关不住倾斜的落日
等你

落日下……

被风放走的鹰，在
天空中躲藏

被鹰抓爆的烈日，正
缓缓沉落

被落日点燃的村庄，正
一片火海

被村庄抬起的高音喇叭，在
紧急呼救

旷野诗

雨，冲刷着自己的贫困

那么多围着我欢叫的鸟

飘向了阔什艾肯的原野

是不是应该静静地，听着

远方拖拉机的声响

这原野，渐次被一种

激动的声音打破

手鼓和舞。鸟的演说词

到处充满风的结构

从一开始就准备散去

这旷野呀……这风……

但没有一种力能够重新聚合这些

远去的鸟，飘零的叶，走散的人

但没有一种力能将时光召唤回来

这荒原呀……这力……

街

太阳昏沉沉的

风的倍数正好是 15 除以 3

写实的蚂蚁爬上了斑马线

黑蜂悬停在街面

这一切秩序来自风的约束

花朵飘过街面

像坠了过多的露

落叶也飘过街面

落入那未知的

光之深处

回乡偶书

在下野地，麦草能盖住几层月光
些许，又有些后悔

让月光一直流淌着不好吗？
干吗要开灯？
煞白的车灯会驱散枝头瞌睡的鸟
夜空中洒下不满的叫声

回家，是动词？是名词？
谁在侵扰夜的流动感？
一个不小心的动作
惹恼了天空中夜的巡游者

此刻，夜黑得无法再走下去
家正在远处的葡萄园中
酣睡

第七辑

世界与我们

声音以及音乐

每群人总能发明陈旧的竖笛

用以表达心中最远的风景

每个人都有修长的手指

用以控制空气中流动的风

每个人都可以仰头向天——呀——啊

却在抒发着不同的情感

当记忆可以被模仿出来时

有人会动用石头、碗筷，甚至不惜

砸碎完整的花瓶

因为它们和前生那么相似

而今生又无法企及

我们制造出各种声音，是因为

内心永远有一种走失的风景

而我们那么慢

失去了这种声音

我们就不完整

我们努力用世界上一切声音

追逐本原的声音

甚至不惜破裂、摔碎或死亡

那些鼓声永在耳畔

那些叹息永在逝者的亡灵书里

遥远的面香

骑着自行车，又经过粮油加工厂

敞开的大门早已被夕阳涂满锈迹

那个遍布齿轮和钢管的故乡

粮食正从筛子里越过越细

沉重的卡车消化着残存的记忆

记忆总是回荡着遥远的面香

离开故乡转眼二十余年

梦里依稀回荡着母亲的呼唤

在机器轰鸣的青年时代

不分白天黑夜的劳动困扰着人生

总是有些雨来得慢了些

在车间铁门上留下暧昧的符号

灰尘使青春慢了半拍

沉重的小麦过早让身体感知

生活的重量，一鼓劲

没有扛不动的山

那时写下的文字，总是过于明朗

仿佛还没有经过黑夜的打磨

而破烂的裤脚，总能引起

一群群贫穷女生的哄笑

回忆

我一个人来到麦盖提第八幼儿园

它对于我的身体来说，已经是异乡

因为我从没有夹带着手势，急切地表达

过去的，有许多存在于教案里

每一天要说的话都写在日记本中

夜晚把它合上

塞进狭小的抽屉

一个叫着老师的孩子走过来

他趴在我的耳朵边

把夹杂着馕和奶茶的早餐吹进我身体

让我看到多年后空旷的操场和整齐的孩子

父亲的高炉

我开始用魔幻的方式书写自身
起先那一道审视的目光
像是父亲发出的

高炉燃起的火溅了满天
父亲就是那个熔星辰
为黎明的工人

对于所有人，我藏起发光的月亮
因为一道光就代表一道质询
其中最尖厉的一束
代表了父亲的质问

西天倘若是一个不会说话的哑巴
你映红他有什么意思
他到天黑也不会给你最后的答案

草原写意

在歌声中升起的草原

合唱团用嘹亮的女声部把它唤醒

雨，夹杂着青草的腥味倾泻下来

这时候，落日写意

马，有些朦胧

骤然响起的高音

马车颠簸在草原

羊循声望去

煞白的雷撕破天幕

白色毡帐在雨声中暗了下去

灯光，挑破夜色

飘落在褪色的马头琴上

月光下上好的一碗酒

草原上的男人习惯了在雨声中饮酒

粗粝的手撕下一块干馕

不经意成为遥远的意象

辉映在毡房中

这时候，草原上响起羊蹄的哒哒声

混杂在雨打毡帐的韵律中

嗬，一鞭子驱散柔弱的雨季

为了防止坍塌，女人

用柔情轻轻抵住门扉

火炉上的铜壶，把草原又煮了一季

马一年一年老去

等孩子上马的时候

草原上只剩下苍老的两轮落日

没有呼唤，只是用目光护送孩子一步步

走出草原

春天的风景

在麦盖提，一驾马车驶出春天的风景

雨、沙尘、艾德莱丝绸

甚至是马的喘息

在深深震动着南疆的春天

从不懈怠的马

在公路上运走了乌云

但是麻雀又接踵而来

它们栖落在艾力家门前的桑树上

用力喊了一嗓子

晚霞就从遥远的喀什飘来……

词语

夜晚，漆黑得吓人

一支笔在纸上摸索

探到了脚下的石头、溪流、青苔

却不知该用怎样的词语去形容

一瞬间，好像跑到了世界的尽头

再没有一粒雨滴

能够顺着潮湿的隧道

滴到心窝里去

一长串词语迷失方向

开始说着方向不明的话

他们摸到了坚硬的石头

看到星星碎了整片的天空

蓝天，在诗中已无法比拟

摸到石头的人说是摸到了残缺的月亮

踩到溪流的人说是

心已湿透

但从没有人感到方向已经错了

剩下的路总是越走越远

越走越远

叶尔羌河边独坐

胡杨木疤痕累累

不得不仆倒在地

那横斜河面的一截

正好容我静坐

听河水扑面的风

仍似早从喀什来过

那一阵水波中还带着枣的香甜

叶尔羌河滩上的柳枝

被风抛得老高

阳光中折射出远方的塔克拉玛干

枯干，中间夹杂几座倾圮的古城

鸟穿过河面

在浪涛中抛下几朵小花

阳光，横扫过麦盖提

留几行带水的诗行

抒情诗

抒情诗，写下心的遥远

世界未出发前的行囊

在桃绯李白下享受春的孕育

一排排暖房

惊诧了春的远方

黝黑的，竟然没有春的纠葛

凭直觉把故乡塞进狭窄的信封

有些人，有些心，有些怀念

总也寄不出去

总也找不到收信的地址

夜空在灯下那么暗

说出来的，说不出来的

都将在今夜过去

时光说

时光突然在暗处把我叫醒

说，再不出门，今天的明媚就要过去了

我转过困惑的脸

时光告诉我

天上就没有什么不能发芽的云彩